栗原愛子句集

ちんぐるま

文學の森

序

山岳信仰で知られる羽黒山、月山、湯殿山の出羽三山に囲まれた日本有数の米どころ――山形県庄内地方。西は日本海に面し、北には大河の最上川が流れる。江戸時代は鶴岡藩（庄内藩）の城下町として栄え、早くから開けた豊かな土地柄である。

松尾芭蕉は、「奥の細道」で最上川を下り、難所の出羽三山に登り、〈涼しさやほの三か月の羽黒山〉〈雲の峯幾つ崩《くづれ》て月の山〉などの名句を残した。芭蕉の影響もあり、今も地元の俳句熱は高く、蕉風系俳人土田竹童《ちくどう》顕彰全国俳句大会を開いている。主催の俳句大会の会長は、本句集の「跋」を書かれた元「風」同人の阿部月山子。なかなかの好漢で、私も「風」以来の句友である。

栗原愛子さんは、こうした自然や歴史、生活環境に恵まれた庄内の鶴岡市藤島生まれの藤島育ち。俳句は昭和五十五年、月山子に勧められ、手ほどきを受ける。

当時は藤島町役場に在職中だった。句作に励むのは、退職後の平成三年、五十六歳の時からで、本句集も以後の作品を収めている。

当初は、「風」結社の月山子と菅原庄山子による月山俳句会に出席。吟行が多く、自家用車を乗り合わせて出かけた。羽黒山の松例祭、月山・湯殿山の山開き、春日神社の王祇祭や黒川能、黒森歌舞伎、熊祭、雛祭、盆踊り……東北各地、隣りの新潟県など各地を歩いた。一泊吟行は年二回ほど。帰宅が夜明けになったことも。

こうした吟行による祭事、民俗関係を詠んだ作品が多く、貴重な記録と言ってもいい。

祭笛吹く子の目許すがしけり

巻頭一句目――。平成三年、新潟県村上のおしゃぎり祭で、初めて一泊吟行に参加したときの作。祭で笛を手にした少年。懸命に吹く目許は実に清らかである。目に焦点を当てて、爽やかに詠み上げる。愛子さんは当初から月山子らを通じて、「風」主宰沢木欣一の即物具象と写生の基本方針を守り、作品にも揺るぎがない。

さて、順次、作品を見てみたい。出羽三山の月山を詠んだ句では。

月山登山　三句

梅雨荒るる行者返しの岩畳
山小屋を叩きしぶけり送り梅雨
夏霧の奔流となり月の山
月山の山毛欅《ぶな》の寄生木芽吹きけり
月山の径の二筋ちんぐるま

前三句の「月山登山」は、どれも臨場感がある。特に三句目の〈夏霧の奔流となり月の山〉の描写力は秀逸である。最後の句は、句集の題名にした「ちんぐるま」を詠む。月山山頂への二筋の道に、ちんぐるまの白い五弁花が群れる美しい光景である。

羽黒山では。

羽黒山大つごもりの月出でし
五升鍋松《しょう》例《れい》祭《さい》の酒滾《たぎ》る
とんぶりをまぶして除夜の握り飯

羽黒山の頂きまで登り、新年の歳神を迎える松例祭に加わる。大つごもり（大晦日）に見事な月に出会った喜び、五升鍋には酒が滾《たぎ》り、とんぶり（ほうきぎの実）をまぶした握り飯を味わう。

旧正月の二月一日は、黒川・春日神社で王祇祭。神降臨の神事である。神へ感謝をこめて黒川能が奉納される。

王祇祭胡桃と蓼を奉納す
悴みて豆腐切りをり能役者
宮の磴鍬で雪掻く能役者
寒夜能燭の煤とぶ夜明けかな
能面を洩れくる息の白さかな

黒川能の虫干し
羅の両袖ひろげ干されけり

一句目。祭は胡桃と蓼を奉納して始まる。写生の眼は珍しい蓼の奉納を見逃さない。氏子の能役者は拝観者を自ら接待する。二句目の「悴みて豆腐切り」、三句目の「宮の磴」を「鍬で雪掻く」というところが何とも面白い。四句目は、蠟燭の煤が飛ぶなかで夜明けまで能を演じる光景。五句目は、寒夜の能で、尉《じょう》や小《こ》面《おもて》などの能面から洩れる息の白さを捉える。最後の句の「両袖ひろげ」は、能を舞っている姿らしくて大変いい。

吟行は祭事だけでなく、いろいろな土地のいろいろな風景を詠み、俳句に冴えを見せる。

庄内地方は、仏教中心の篤信仰の土地柄である。生きながら仏になるという凄まじい修行――つまり、即身仏の聖地でもある。

愛子さんのお世話で、平成二十一年、「雉」同人会が鶴岡で開かれた折、湯殿山注連寺で即身仏の鉄門海上人を拝んだ。ここは、作家森敦の小説『月山』の舞台である。

即身仏の寺で詠んだ句は。

大笊に春子干しあり木乃伊《ミイラ》寺

即身仏そのものを詠まず、木乃伊寺として詠む。木乃伊をまつる寺の縁側に、大きな笊で春の椎茸を干してある。寺の一家の生活をほうふつとさせ、実感があって大変いい。

吟行句はなかなか実りが多く、味わい深い。

雪解滝入れて渦巻く最上川

山形県・斎藤茂吉の故郷

春障子破れ金《かな》瓶《かめ》小学校

立石寺

鳥渡る断崖に立つ五大堂

鳥海山滝の小屋

ランプ吊る釣瓶落しの山の宿

宮城県女川

静もりて瓦礫山なす寒さかな

一句目は、芭蕉が〈五月雨《さみだれ》をあつめて早し最上川〉と詠んでいるが「雪解滝入れて渦巻く」と臨場感のある詠みである。二句目は茂吉ゆかりの金瓶小学校の荒れている光景。三句目の立石寺《りゆうしやくじ》。芭蕉は〈閑《しづか》さや岩にしみ入《いる》蟬の声〉と詠み、愛子さんは険しい風景を描写。四句目は鳥海山のひなびた光景。最後の句は東北大震災のすさまじい光景を「瓦礫山なす」と飾らずに詠み、訴える力が強い。

一方、生活詠は、どれも生き生きとした詠みっぷりである。土地の様子、人々の暮らしをいろいろ想像させて楽しい。

蔵王温泉スキー場

圧雪車蜘蛛這ふごとく登りくる
除雪車の身丈の雪を押しきたり
大鯰引つ下げてくる泥の顔
腰に藁括りて媼豆引けり

庄内地方は雪が多い。道路ぎわに地吹雪を防ぐ高い柵も立てている。一句目。坂道を人が歩けるように圧雪車を動かすが、まさに「蜘蛛這ふごとく」かもしれず、比喩が大変面白い。「除雪車の身丈の雪」にも写生の眼が光る。大きな鯰を捕まえた男の顔は泥まみれ。最後の句は庄内産のだだちゃ豆を詠む。大きく、茹でれば大変おいしい。老女が「腰に藁括りて」に労働の厳しさを思わせ、「豆引けり」の切れに勢いがあっていい。

地元の陶器製造、酒造りは恰好の吟行地である。

平清水焼

焚口に雪沓下がる登り窯
屠蘇祝ふ窯変なせる馬上盃

寒造

凍てし日の醪《もろみ》ふつふつ息づけり
風花や柄杓に賜ふ初搾り
蒸米の湯気満ち寒の仕込蔵

平清水焼の一句目「焚口に雪沓下がる」は地元ならではの光景。お屠蘇を祝う馬上盃がうらやましい。寒造の「風花」の句。「柄杓に賜ふ」は、いかにも東北人の酒好きを活写している。

ところで、自然の生き物に心を通わせた句はどれも優しく、心に響く。

山椒魚孵《かへ》る朽葉の沈む池
浮びきし山椒魚の立泳ぎ
生れてすぐ卵《らん》嚢《なう》のぼる子蟷螂
生糸より細き手足の子蟷螂

山椒魚と子蟷螂の句を見ても、丁寧に描写し、生き物の命をよく捉えている。二句目の「山椒魚の立泳ぎ」は実に愛らしい。子蟷螂にしても、手足が「生糸より細き」と鮮やかに描く。

さて、この辺で家庭生活を詠んだ作品に触れてみたい。
愛子さんは、五人きょうだい（兄一人、弟二人、妹一人）の長女。静かな農村地帯の生まれ。ご両親の元で賑やかに、健やかに育ったに違いない。群馬の男性との良縁に恵まれ、二人の娘を授かる。ご両親は八十代後半で長逝され、ご主人も十年前、ご病気で七十七歳でこの世を去られる。兄弟のうち、お二人も六十歳で亡くなる。現在、一軒家に一人で暮らしておられる。
母親は米寿を迎え、まもなくご逝去。

恙なき米寿の母の初日記
白桃の汁の一匙病む母に
積む雪を手で掻き母の骨納む

正月には日記を書き、健康そのものだった米寿の母。突然、病気になり寝込む。白桃の汁を一匙ずつすくい、母の口に入れるが、ついに最期を迎える。深い雪に包まれた墓地で、母のお骨を納める。痛切な思いを淡々と詠み上げる。特に、三句目の「積む雪を手で掻き」に作者の深い哀しみを感じさせる。

平成十八年、「夫、死す」の前書きで三句。

爺の死へ泣き止まぬ子や雪蛍
小春日の光射し込む遺影かな
病床日記ひとり読みゐる炬燵かな

一句目は、日ごろ「じいじ」と呼んで甘える孫だろうか。遺体に縋りついて泣き止まない。自らの哀しみを孫に託して詠んでいる。二句目は葬儀を済ませたあと、仏壇に飾る遺影をぼんやり眺めているのかも知れない。三句目は夫が書いていた病床日記を炬燵に入って読み、それまでの夫との生活を思い起こしている。

夜に入り吹雪けり夫の一周忌
亡き夫と作りし雛納めけり

一句目。親類縁者が集まり、夫の一周忌の法要をする。ちらちら降っていた雪は、夜になって猛吹雪に変り、雨戸を鳴らす。二句目。娘が幼いころ、夫と手作りの雛を飾る。夫が亡くなってからもその雛を飾る。雛を納めながら、当時を思い出す。どれも哀切な作品である。

日本海総合病院

極月や目隠しされて手術台

入院　三句

初雪や癌摘出の内視鏡

手術後の飲食禁止冬に入る

しぐるるや外科の回診どやどやと

愛子俳句は病気に倒れながら、自らを客観化し、突き放し、淡々と詠んでいる。甘えない、めそめそしない。日本海総合病院の句は「極月」が寒々とした気持ちを暗示させる。癌の手術を詠んだ三句目は、「どやどやと」に実感がある。不謹慎な見方だが、俳句固有のおかしみがあり、秀逸な作である。

この「序文」を書くため、参考になりそうなことをメモ書きでお願いしたところ、まもなく、パソコンでぎっしり打った「個人史」のような手紙が届いた。有能な町役場職員として三十七年間勤務され、文章に慣れているせいかもしれないが、手ぎわの良さに感心した。

庄内弁の、てきぱきとした話ぶりは、メモの「退職後の地域との関わり」を読んでよく判った。町の図書館のボランティア「お話玉手箱」で子どもたちに昔話や民話を話し、人形劇を演じている。「田川民話の会」にも参加。地方に伝わる昔話の伝承や保存活動に携わり、保育園、幼稚園、小学校、老人施設を回り、昔話をされる。庄内弁を大事にされ、歯切れがいいのもそのせいである。

驚くことは、まだある。民生委員、総務省行政相談委員を長く務めたほか、水彩画、コーラス、スキー、登山、山歩きを楽しむ。旅行は、海外ではヨーロッパ、中国、バリ島、台湾など、国内は北海道から屋久島、種子島、熊野古道、四国霊場巡りと各地に広がる。日ごろから体力作りに励み、水泳、エアロビクス、ヨーガ、筋トレも欠かさない。合間を縫って、畑で茄子や胡瓜なども育てている。

愛子さんの広い俳句の世界は、まず並外れた行動力にある。こうした社会体験と趣味の豊かさ、自然に親しむ気持ちが、句の背景にある。

病気と闘いながらも、句柄はいよいよのびやかで、明るい。

桃色にほほけてゐたりちんぐるま

上州は夫のふるさと麦の秋

どうかこの調子で、いつまでも俳句を楽しみ、皆さんに華句麗句をお見せいただきたい。月山のちんぐるまは、愛子俳句に花を添えるように毎年咲き続けるに違いない。

平成二十八年三月、春の日に

田島和生

句集　ちんぐるま／目次

装丁　笠井亞子

句集　ちんぐるま

登り窯

平成三年〜十年

平成三年

祭笛吹く子の目許すがしけり

小豆干す峡の女の太き声

古縄を結び直して冬囲ひ

啓蟄の虫が転びし鍬の先

平成四年

水焔の能

能篝旱の闇にはじけたり

箕輪鮭採捕場

鮭のぼる川の水草刈られけり

兄、脳腫瘍で入院

虎落笛外科病棟の仮眠室

蔵王温泉スキー場

圧雪車蜘蛛這ふごとく登りくる

平成五年

灰添へてわらび売りをる嫗かな

八丁蜻蛉保護地

やご喰らふ沼の赤腹捕へけり

雪吊りの心棒かつぎ庭師くる

平成六年

王祇祭　三句

豆腐焼く小屋や榾《かんじき》干されあり

寒晴や藁苞いりの実山椒

悴みて豆腐切りをり能役者

平成七年

平清水焼　三句

焚口に雪沓下がる登り窯

煤厚き登り窯場や冬蕨

屠蘇祝ふ窯変なせる馬上盃

平成八年

吊られたる鱈の鰰《はたはた》呑みをりし

五重塔までの雪道踏まれをり
磴くだる鉄の檪《かんじき》踏みしめて

曲り家の座敷の夏蚕匂ひけり

大鯰引つ下げてくる泥の顔

赤川の鮭採捕場　二句

ぶつ切りの大根甘き番屋汁

簗番の仮寝の蒲団積まれあり

羽黒山松例祭　三句

五升鍋松《しよう》例《れい》祭《さい》の酒滾《たぎ》る

とんぶりをまぶして除夜の握り飯

註＝とんぶりはほうきぎの実

山伏の吐く息白し烏飛び

平成九年

羽黒山三神合祭殿

神の扉の軋みて開く淑気かな

黒川能　三句

黒川能大地踏む子の抱かれゐて

能面を洩れくる息の白さかな

宮の磴鍬で雪搔く能役者

月山の青嶺分けくる行者かな

白鷹町鮎簗場

簗番のたもで掬へり子持鮎

下り簗柳の枝で繕へり

葡萄売る爺の背中に熟寝の子

平成十年

白鳥守ばけつで運ぶパンの耳

月山の山毛欅《ぶな》の寄生木芽吹きけり

月山の径の二筋ちんぐるま

秋田県象潟・曹洞宗寺院

穂孕みの稲田の中や蚶満寺《かんまんじ》

稽穂の棚田は海へ続きけり

冬波の岩場に蜑の蛸突けり

雪迎へ

平成十一年〜十五年

平成十一年

山形県・斎藤茂吉の故郷　三句

たらちねの母恋ふ歌碑や翁草

春障子破れ金《かな》瓶《かめ》小学校

花馬酔木茂吉の墓にこぼれけり

真室川町梅まつり

闘鶏の嘴あけ水を注ぎをり

山羊の子の名前がつきし五月かな

酒田市飛島

海開き島の五人の生徒かな

雨に濡れ紅花を摘む媼かな

恙なき米寿の母の初日記

平成十二年

雪埋むる蔵王の出で湯翡翠色

湯治客雪代山女釣り上げし

月山の水ほとばしり威銃

腰に藁括りて婳豆引けり

鮭捕の夜のしらむ頃集まり来

上山市金瓶《かなかめ》

雪迎へ茂吉の墓を飛び立てり

平成十三年

鶴岡市黒川

能の里村中屋根の雪おろし

種浸す茂吉生家の鯉の池

残る雪撥ねて木々起つ力かな

流木をけぶらし杣の岩魚焼く

山椒魚孵《かへ》る朽葉の沈む池
河骨の紅の花芯や弥陀ヶ原

月山の霧に濡れきし行者かな

白桃の汁の一匙病む母に

飴色に粘りて栃の冬芽かな

積む雪を手で掻き母の骨納む

平成十四年

王祇祭胡桃と蓼を奉納す

黒川能　六句

いとけなき稚児の科白や寒夜能

黒川能燭に鬼面の揺らぎけり

面とれば汗の光れり寒夜能

寒夜能燭の煤とぶ夜明けかな

黒川能果てて酒酌む能舞台

山形県小国町の小玉川熊祭　六句

熊祭はじまる法螺のこだまかな

熊勢子の声の響けり斑雪《はだら》山

吊橋を渡りて熊を撃ちにゆく

煤けたる山神小さき熊祭

山神に乾びし虎魚《をこぜ》供へけり

狩の小屋組まれて山毛欅《ぶな》の芽吹きけり

利尻・礼文　四句

オホーツクの風に飛ばされ夏帽子

利尻富士晴れて昆布の解禁日

大漁旗かかげ礼文の夏祭

朝焼の潮満ちてくるうねりかな

大津　三句

義仲寺の芭蕉は大き実を垂らし

雁渡る帳を下ろす秘仏かな

秋蝶や衣掛柳枝広げ

簗に入る鮭の鼻面傷みたり

一裂きに腹のはららご溢れ出す

ずたずたに鮭打棒の割けゐたり

早昼の漁師はらご山盛りに
干し鮭の顎をしたたる塩しづく

平成十五年

注連寺

大笊に春子干しあり木乃伊《ミイラ》寺

松江　三句

薪焚きて乾かす和紙や鳥曇

万力で絞る漉紙桜冷え

大根島土黒々と耕せり

浮びきし山椒魚の立泳ぎ

粟島　二句

島あげて笹だんご巻く端午かな

島涼し流木焚きてわつぱ汁

蛇の衣両眼の跡光りゐし

木洩日や蹴られて匂ふ梅雨茸

梅雨晴や羆《ひぐま》大きく身をゆすり

爽やかに十二神将荒ぶれる

宮司舞ふ石の舞台や早稲の風

菊供養浅草芸妓山車に乗り

秋の蝶子規とうからの墓を飛ぶ

杜鵑草子規の机の小さきかな

かはたれに灯して鮭を採卵す

蔵王　二句

ゴンドラの雪を掃き出す竹箒

雪晴や樹皮のめくれし岳樺

冬滝の氷柱千本うすみどり

冬滝の崩るる音の冴かな

舞衣の樟脳匂ふ里神楽

羽黒山松例祭　五句

勧進の米炊きあがる松例祭

松例祭山伏飛んで畳打つ

羽黒山大つごもりの月出でし

羽黒綱負ひ駆け下る雪の磴

山伏の縄の欅や凍て募る

遠嚙子

平成十六年〜二十年

平成十六年

白無垢の禰宜の衣擦れ大旦

一望の蔵王の霧氷かがやけり

遠野

春衣一枚重ねおしら神

註＝おしら神は民間信仰の神

岩手県平泉　四句

光堂包む楓の芽吹きかな

岩山に刻みし仏春蚊出づ
暖かや秀衡椀のとろろ蕎麦

　遠嶋子

萱屋根の春雪しづる能楽堂

吊橋に桜蘂降るまたぎ村

渡辺崋山幽閉の地

目を凝らし覗く自刃の梅雨の土間

奥の細道むすびの地

墨色の川灯台や夏の蝶

熊胆《くまのい》の分配帖を曝しけり

秋田西馬音内《にしもない》盆踊　五句

早稲の香や風にのりくる遠囃子

抜襟の白きうなじに汗光る

彦三頭巾上げて踊子汗拭けり

 遠囃子

飛入りの踊子リュック負ひしまま

黒繻子のだらりの帯や星月夜

和歌山県川湯温泉

川沿ひを掘れば湧く湯や雨の月

洞深き熊野大杉冷まじや

姫路城　二句

漆喰の剝がれし天守野分晴

城垣に枸杞の実熟るる姫路城

鳥海山

犬鷲の滑翔に目を凝らしけり

塩竈神社

音たてて馬柵嚙む神馬小六月

平成十七年

秋田県金浦《このうら》町掛魚《かけよ》まつり

大鱈の腹ずつしりと担がるる

奄美の里　四句

藍甕のあぶく弾ける日永かな

春めくや空気に触れて深む藍

囀や藍の機嫌を見る染師

 遠囃子

泥染めの麩糊匂へる芽吹きかな

桜島　二句

雨に濡れ島大根の花咲けり

溶岩原や根づきし松の緑立つ

宮島　二句

大西日社殿普請の足場組む

廻廊の屋根に青鷺羽づくろひ

黒川能の虫干し　四句

土用干金糸銹びたる面袋

能の里面の三百曝しけり

羅の両袖ひろげ干されけり

汗かきて能装束を繕へり

一坪の竜飛の畑大根蒔き

立石寺

鳥渡る断崖に立つ五大堂

逝く秋やでんぐり返る鬼剣舞

はらごの精を絞りて簗場かな

男鹿半島寒風山　二句

冬ざれや大鋸据うる石切場

寒風山八方の草枯れつくし

掘り上げし葱に埋もるる葱洗ひ

木乃伊《ミイラ》寺がらんどうなる寒さかな

平成十八年

月山登山　三句

梅雨荒るる行者返しの岩畳

山小屋を叩きしぶけり送り梅雨

夏霧の奔流となり月の山

筒鳥や走り根太き修験道

飛島　五句

鳥海山の残雪光る出船かな

隼の巣籠る崖の高さかな

魚銜へ海すれすれに鵜の飛べり

岩棚に鳴き声高し海猫《ごめ》の雛
背開きの飛魚干せり島の婆

鷗外の診察室や黴くさき
担がれてぐらり傾く能登キリコ

蟬しぐれ北枝手彫りの芭蕉像

松任に千代の墓訪ふ炎暑かな

萩すすき千代尼の塚にふれてゐし
一本の苧殼遊女の墓に炷《た》き

被爆樹の青銀杏のたわわなり

身に入むや茂吉の母の葬り跡

楔打ち閉ざす山小屋鳥渡る
どつときて男ばかりの秋遍路

115　遠 嶋 子

夫、死す　三句

爺の死へ泣き止まぬ子や雪蛍

小春日の光射し込む遺影かな

病床日記ひとり読みゐる炬燵かな

襤褸《ぼろ》を着しごとく立ちたり枯蓮《はちす》

入口の雪簀巻き上げ木乃伊《ミイラ》寺

雪折れの傷あたらしき岳樺

平成十九年

寒造　五句

がうがうと甑《こしき》噴く湯気寒造

二の腕をまくり酒母掻く寒仕込

凍てし日の醪《もろみ》ふつふつ息づけり

風花や柄杓に賜ふ初搾り

種麴篩《ふる》ふ裸や寒明くる

羽黒山神官卒業禊《みそぎ》　四句

雪代の渦巻く川に禊ぎけり

梵天を捧げあらがひ雪解川

荒行のつむりに白く雪積もる

禊終へ藁しべこぼる雪の上

安曇野　二句

湧き水に小さき渦生れ花山葵

真清水や夫婦肩抱く道祖神

生糸より細き手足の子蟷螂

祭獅子柄杓の水を飲み干せり

八朔祭　二句

八朔の護摩壇に組む山毛欅《ぶな》丸太

秋風や褌吹かる峰中堂

ゐのこづちつけて巡りぬ燿歌《かがひ》跡

千年の欅の紅葉蚶《かん》満《まん》寺

蝦夷丹生の枯れ極まりぬ弥陀ヶ原

夜に入り吹雪けり夫の一周忌

松本城

冬晴や天守の梁の松丸太

平成二十年

引き近き白鳥助走繰返す

茎立や蜑の畑の飛砂囲ひ

春月のまどかに徹師偲びけり

生れてすぐ卵《らん》嚢《なう》のぼる子蟷螂

草茂る寒風山の噴火口

風露草断崖にゆれ男鹿岬

笈《おひ》摺《ずり》の大き朱印や花水木

結界の四《し》手《で》張る羽黒反魂草

穴惑ふ蝮くはへて猫戻る

姥百合の実の弾けたり五色沼

月山の水で茹で上げ走り蕎麦

馬の背の蔵王のがれ場末枯るる

横浜

豚の耳商ふ街の小春かな

鎌倉　二句

大仏の胎内に触れ冷たけれ

軒先を栗鼠とびまはる初しぐれ

茨城県大子町袋田の滝

修験者の籠りし岩屋冬の滝

足あげし蔵王権現山眠る

 遠 嵯 子

十三夜

平成二十一年〜二十四年

平成二十一年

炭焼　五句

風の道残し炭竈塞ぎけり

竈出しの炭輝ける緋色かな

焚き継ぎの原木詰める竈ぬくし

除雪車の身丈の雪を押しきたり

斑雪《はだら》山竈の煙立ちのぼる

錐のごと尖りて山毛欅《ぶな》の冬芽かな

黒森歌舞伎　三句

地吹雪に裂けて歌舞伎の大幟

見得を切る舞台にはねて玉霰

降るたちまち積もる桟敷かな

引出しに黄楊の櫛あり雛簞笥

雛菓子を盛る沈金の輪島塗

こけし描く細き筆先木の芽晴

蛇穴を出でて女人に囲まるる

切岸のもろき杣道雪椿

山繭の中はからつぽ吹かれをり

本降りの草原を飛ぶ岩ひばり

弥陀ヶ原紅を濃く咲き岩鏡

雲海の重なり合うて月の山

小豆島

醤油屋の黒き板塀黴匂ふ

荒梅雨の月山行者泥まみれ

蝮草炎のごとき実を立てり

山寺の縁を出入りの秋の蛇

棟上げの梵天祀り十三夜

秩父夜祭　三句

奉納の繭を濡らせる冬の雨

冬花火雨の秩父にとどろけり

降る雨へ昂りて練る秩父山車

大釜に婆が粥炊く成道会

足裏より凍ての伝はる仕込蔵

平成二十二年

蒸米の湯気満ち寒の仕込蔵

蔵王嶺の雪霧の頬刺しにけり

警笛を鳴らして夜半圧雪車

料亭の軋む階段雛飾る

雛幟酒田港の風強し

亡き夫と作りし雛納めけり

静岡県三島市

霾《つちふ》るや流れるやうな暦文字

囀や日の煌めける柿田川

井上靖の常宿

川音や白壁荘の春炬燵

山桜咲き有耶無耶の関所跡

岩羅漢指の欠けたり青葉潮

佐渡　三句

青葉闇柵の奥なる真野御陵

南風吹くや薄くて白き朱鷺の骨

岩百合の崖に咲き満ち佐渡島

湿原の風を集めて雛桜

月山の池塘に泳ぐ山椒魚

月山の深山龍胆瑠璃深し

板壁に百の啄木鳥《けら》穴日月寺

鉱泉の窓に張り付き放屁虫

鉄鍋に溢れんばかり茸蕎麦

先達の腰の鈴鳴る紅葉山

三陸雄勝

硯師の石彫る音や冬ぬくし

平成二十三年

王祇祭　二句

声高に王祇祭の豆腐焼

囲炉裏火に顔の火照りて豆腐焼

海苔摘みの終へたる岩を波洗ふ

滾つ瀬に身をのり出して雛流し

雪解滝入れて渦巻く最上川

三月十一日、東日本大震災

飛び出して揺れにをののく雪の中

徳島　三句

囀や叺《かます》の菜《すくも》濃く匂ふ

花御堂拝すよき日に来合はせし

花冷えやたちまち鬼女にかはる木偶

奥祖谷　四句

大杉に絡みてかづら芽吹きけり

奥祖谷の雪代天魚《あまご》さくら色

天魚売る落人村の低き軒

岩盤を刳《ゑぐ》りし流れ雪椿

残雪を染めて散りたり山毛欅《ぶな》の花

春蟬の声ふりかぶり山毛欅林

水底に尾瀬河骨の蕾萌ゆ

雪渓に黒き断層走りけり

飛島　四句

頭から飛沫を浴ぶる船遊び

浸食の洞なす岩に鵜の立てり

刺網の飛魚外す手鉤かな

蜑投げし魚を瞬時に海猫《ごめ》攫ふ

地獄とふ湯の噴く岩や初紅葉

行く秋や幹しろじろと山毛欅《ぶな》林

月山弥陀ヶ原

冬に入る池塘の水藻毬なせり

鳥海山滝の小屋　二句

ランプ吊る釣瓶落しの山の宿

山小屋の寝具積み上げ冬に入る

霜解けの湯気のあがりし峡田かな

新潟県福島潟　四句

潟守の釣りし鮒焼く囲炉裏かな

白鳥句碑真向かふ瓢湖枯れはちす

根榾焚く越後訛の萱屋守

潟の鮒銜へて鷹の木に止まる

甘き粥一匙給ひ臘八会

平成二十四年

唐門の塩竈桜冬芽立つ

宮城県女川　四句

半壊の被災の家並冬夕焼

校庭の仮設五十戸凍てつのる

地震《なゐ》あとの道の普請や凍てつのる

静もりて瓦礫山なす寒さかな

杉花粉降りくる宮の舞楽かな

白木蓮散る病院の廃墟かな

福山　二句

鯛網を祝ふ編笠踊りかな

夏燕機屋の窓を出入りせり

青田風吹抜けてゆく木乃伊《ミイラ》寺

トンネルの中のワイン庫滴れり

雪渓に雲の這ひくる弥陀ヶ原

地滑りに失せたる村や蟬しぐれ

潟の菱息づく音や蝶とんぼ

鬼蓮の葉を貫きて花咲けり

十万本寝かせて涼しワイン蔵

門前やまだ濡れてゐし蛇の衣

湯殿山　三句

雲の峰命綱張る崖のみち

湯殿行杖に焼印押す煙

行者径草鞋捨てあり鳥兜

月山東補陀落

聳え立つ巨岩の上を鷹渡る

露けしや番楽舞の土舞台

奥嵯峨に鐘のひびけり十三夜

祇王寺の木戸の真赤な烏瓜

祇王寺の苔の絨毯小鳥くる

錆色のつきし丹波の月見豆

緋連雀とぶ市振の関所跡

日本海総合病院　二句

極月や目隠しされて手術台

診察の順番待てるちゃんちゃんこ

星涼し

平成二十五年〜二十七年

平成二十五年

木遣り節響き始まる梯子乗

王祇祭　二句

紋入りの迎へ提灯王祇祭

罅はしる王祇に供ふ鏡餅

残雪の風吹抜ける野の舞台

春祭朱の振袖の男の子舞ふ

波寄する河口の石蓴ゆらぎけり

鼠ヶ関神輿流し　三句

大漁旗はためく浦曲春祭

雪代の川に神輿を流しけり

履替への草鞋を腰に神輿揉む

恐山　三句

白砂踏み巡る霊場遅桜

亡き人に石積み祈る五月かな

霊場の地獄巡りや山背吹く

月山の法螺貝ひびく山開き

満願の行者下りくる梅雨の磴

羽黒修験二百十日の雨に濡れ

八朔の蠟涙のこる行者径

千年の秘仏を拝す秋時雨

裏山に霧湧き出づる秘仏寺

初鮭を僧の見舞に下げてきし

湧き水に濯ぐや鮭の受精卵

りんごジャム茜の色に仕上がりぬ

入院　三句

初雪や癌摘出の内視鏡

手術後の飲食禁止冬に入る

しぐるるや外科の回診どやどやと

平成二十六年

四斗樽の枡酒酌めるお正月

黒川能女装の稚児の大地踏む

秋田県湯沢犬っこまつり　二句

犬神に供へし羽後の寒搾り

犬っこに乗る子潜る子雪祭

蠟梅の一枝を剪りて人待てり

黒森歌舞伎　二句

春吹雪歌舞伎の舞台横切りぬ

隈取りの童声張る雪芝居

菖蒲の芽池を浚ひし泥匂ふ

昭和の日こけしの目鼻描く親子

地震《なゐ》の傷残る白壁燕くる

泡立ちて卯波の寄する竜飛崎

山背風泥波立ちし十三湖

岩木晴十万石の植田かな

りんご園受粉の小蜂飛び交へり

月山の雪渓に張る道しるべ

桃色にほほけてゐたりちんぐるま

ずぶ濡れの男篠の子背負ひきし

とぐろ巻く孕み蝮を遠巻きに

飛島へ黒鯛釣と乗り合はす
飛魚《あご》攫ふ海猫《ごめ》を野良猫狙ひをり

飛魚捌く研ぎ減り激し蜑の出刃

海へだつ火合はせ神事星涼し

鳥海山神鹿角切祭　二句

角切りの斎庭に鹿の尿匂ふ

腹這ひて角切りの鹿押さへ込む

草を出で草に入りたり穴惑

仕込終ふワイン工場を雪蛍

阿部月山子先生　句集『湯殿嶺』上梓

出版を祝ぎて集へる師走かな

勧進の法螺貝ひびく師走かな

平成二十七年

山形県遊佐町の奇習あまはげ　三句

入り太鼓あまはげ家に上がり込む

あまはげや赤き鬼面に蓑重ね

鬼の面上げてあまはげ酒飲めり

能楽堂落成　三句

寒晴や檜の香ただよふ能舞台

大寒の舞台に撒けり塩と酒

青竹の筒の熱燗振舞へり

木目込の黒髪長き源氏雛

蚶満寺

芭蕉像見上げてをれば雉鳴く

胴《どん》突《づき》唄《うた》うたひ綱引く梅祭

串刺しの桜うぐひを齧りけり

枝に吊るボトルに溺れ雀蜂

九十九里茅《ち》萱《がや》の花の靡きけり

上州は夫のふるさと麦の秋

犬吠の断崖埋むる石蕗若葉

跋

栗原愛子さんがこの度句集『ちんぐるま』を出版することとなった。

祭笛吹く子の目許すがしけり

句集の第一句目に載っている句である。

私達の「月山俳句会」に職を退いてから初めて参加した一泊吟行句会での記念すべき作品である。新潟県村上市の祭を吟行。おしゃぎりと言う、堆朱・堆黒の彫物が施された豪華な山車が十数台、早朝から市内に繰り出すのである。見る人の気持を昂らせる祭である。堆朱は村上の伝統工芸で名工の作品が多く残る。この吟行会には、庄内の会員だけでなく、東根市からも参加して盛りあがった。

栗原さんが「風」に入会したのが昭和五十五年であったが、入会当初は、藤島町の職員として公務に活躍中で、句会に出席出来なかったが、「風」誌をしっかりと見ていて、沢木欣一先生の提唱する「即仏具象」「気宇壮大」の基本をしっかり身につけていたのである。

　私達の句会は毎月第一日曜日で、年八回位は吟行で、その中で二回が一泊だったので、当然、写生力が養われる。栗原さんは句会を重ねることで、めきめき頭角を現したのである。

　また、水彩画を趣味としていたので、絵を描くときの題材の選び方、絞り方が、俳句を作るときの焦点の絞り方に活かされている。

　平成十一年八月号で初めて準巻頭になっている。

たらちねの母恋ふ歌碑や翁草
春障子破れ金瓶小学校
花馬酔木茂吉の墓にこぼれけり

　この三句は上山市の斎藤茂吉の生家周辺を吟行したときの作品で、茂吉が愛した翁草の花が盛りであった。一句目は、茂吉の名歌、たらちねの母を踏まえた句である。

　平成十三年九月号で二度目の準巻頭となり「風」の同人が目前であったが、沢木先生の逝去で、平成十四年に「風」が廃刊になったのは大変残念だった。
栗原さんは、「風」時代丁寧に指導してくれた、林徹先生の「雉」誌にお世話になりたいと、「雉」に入会した。「雉」は広島が発行所なので、栗原さんの選択は大変良かったと思う。「全国大会」「同人会」が、中国、九州、四国、関西と遠隔地が多いので、積極的な栗原さんには見聞を広めるのに大いに役立ったと思う。「雉」に入会した平成十四年八月号で巻頭となり、同人に推挙されたのである。

熊祭はじまる法螺のこだまかな
熊勢子の声の響けり斑雪山
吊橋を渡りて熊を撃ちにゆく
煤けたる山神小さき熊祭
山神に乾びし虎魚供へけり
狩の小屋組まれて山毛欅の芽吹きけり

その時の六句だが、山形県小国町小玉川地区は飯豊連峰の懐にある「またぎの里」で、毎年五月四日に熊まつりが行われ、山形県、新潟県の観光客で賑わう。栗原さんの句はどの句も、しっかりと情景を把握して、即物具象の教えを基本に写生に徹している。そして、どの句からも温かさが感じられる。
句集の中には、母親と御主人との別れが記されている。

白桃の汁の一匙病む母に

積む雪を手で掻き母の骨納む

夫、死す

爺の死へ泣き止まぬ子や雪蛍

小春日の光射し込む遺影かな

病床日記ひとり読みゐる炬燵かな

亡き夫と作りし雛納めけり

感情を剥き出しにしないで、即物具象の手法で瀟々と詠んでいる。そのことが一層作者の思いが伝わり涙をさそう。
栗原さんは山形県俳人協会の常任幹事として活躍している。県の俳句大会でも、県知事賞を受賞している。

豆腐焼く小屋や�干されあり

山羊の子の名前がつきし五月かな
土用干金糸銹びたる面袋
被爆樹の青銀杏のたわわなり
生糸より細き手足の子蟷螂
地震の傷残る白壁燕くる
初鮭を僧の見舞に下げてきし
泡立ちて卯波の寄する竜飛崎
月山の雪渓に張る道しるべ
上州は夫のふるさと麦の秋

「風」「雉」誌に長く所属して即物具象の大切さを身を持って会得して来た作者の核心を衝いた表現力が力強い。

句集名の「ちんぐるま」の句は二句ある。

月山の径の二筋ちんぐるま
桃色にほほけてゐたりちんぐるま

ちんぐるまは純白の花が美しい。又、ほおけた後の桃色の実も美しく風情があり、句集名に相応しい。

栗原さんは毎年、蔵王にスキーに行っている。これからも健康に留意されて、頑張ってほしい。

絵を描くことで培った対象物を絞る技を活かしこれからも作句に励んでほしい。これを契機に句業が益々発展することを祈るばかりである。

句集『ちんぐるま』の出版を心よりお祝いしたい。

平成二十八年三月

阿部月山子

あとがき

昭和五十五年、知人にすすめられるまま「風」に入会した。現在、山形県俳人協会会長の阿部月山子先生である。入会当時は、まだ在職中であり、地元の「月山俳句会」に参加したのは、退職後の平成三年六月頃からである。

当時、月山俳句会は「風」同人の阿部月山子、菅原庄山子が指導していた。毎月第一日曜日に、句会が行われていた。ほとんど吟行で、自家用車に分乗し県内はもちろん、秋田県、新潟県、宮城県へと連れて行ってもらった。

この月山俳句会で指導を受け、先輩の佳句に触れ、俳句の楽しさを知ることができた。

以来、月山俳句会の会員として現在に至っている。会員は、現在二十一名。今は、マイクロバスを使って吟行しており、年一～二度の県外宿泊吟行にも参加。最近では、下北半島や房総半島など。

月山俳句会の皆さまには、いつもお世話になり深くお礼を申しあげます。

「風」終刊により平成十四年「雉」に入会した。同年「雉」全国大会で同人に推挙され、林徹主宰の厳しくも暖かい人柄に直接触れることができ、感激したのを覚えている。

「雉」の本拠地が広島だったので、同人会、全国大会参加は庄内空港に車を置き、羽田で乗り継ぎ、いつも一人旅を楽しんだ。現地では、会を重ねるごとに顔見知りができた。多くの方々と交流ができたのは、自身の刺激となり、楽しく充実した機会であった。

平成二十年三月、林徹先生が亡くなられ、田島和生先生が後継主宰となり、ご指導をいただくことになった。

平成二十六年九月、田島主宰が私の地元「鶴岡市・藤島」の土田竹童顕彰全国俳句大会に特別選者としておいでの折、私に句集を出したらと声をかけてくださった。

平成二十七年、八十歳になり、病の再発がきっかけで、八月退院後、気力、体力のある内に句集を作ろうと思った。田島主宰に相談し、平成三年から平成二十七年まで「風」「雉」に発表した千余句の中から六百句を自選し、主宰から三百九十七句選んでいただいた。

句集名は、主宰がいくつか挙げてくださった中から、年に二〜三度は訪れる月山の高山植物で、大好きな花『ちんぐるま』と決めた。

田島和生主宰には、ご繁忙の中選句をしてくださった上に、ご丁重な「序文」までご執筆いただき、深く感謝申し上げます。

阿部月山子先生には、種々の要職でご繁忙の中、「跋文」を賜り厚くお礼を申し上げます。

これまでの八十年間、いろいろな面でお世話になった方々にこの句集を贈ります。読んでいただければ幸いです。

句集出版に当たっては、「文學の森」の皆様にお世話になり感謝申し上げます。

平成二十八年三月

栗原愛子

著者略歴

栗原愛子（くりはら・あいこ）

昭和10年２月　山形県藤島町生まれ（現・鶴岡市）
昭和29年　藤島町職員
昭和55年　「風」入会
平成３年３月　藤島町職員退職
平成14年　「雉」入会、同人
平成15年　俳人協会会員
平成24年　山形県俳人協会常任幹事

現住所　〒999-7601　山形県鶴岡市藤島字村前92

句集　ちんぐるま

発　行　平成二十八年六月五日
著　者　栗原愛子
発行者　大山基利
発行所　株式会社　文學の森
〒一六九-〇〇七五
東京都新宿区高田馬場二-一-二　田島ビル八階
tel 03-5292-9188　fax 03-5292-9199
e-mail　mori@bungak.com
ホームページ　http://www.bungak.com
印刷・製本　竹田　登

ISBN978-4-86438-522-0　C0092